Johann August Weppen

Der Liebes-Brief

Johann August Weppen

Der Liebes-Brief

ISBN/EAN: 9783744619585

Hergestellt in Europa, USA, Kanada, Australien, Japan

Cover: Foto ©Andreas Hilbeck / pixelio.de

Weitere Bücher finden Sie auf **www.hansebooks.com**

Der Liebes-Brief

ein

comisches Gedicht

in

vier Gesängen.

von J. A. W.

Göttingen,
gedruckt bey J. A. Rosenbusch 1778.

Der
Liebes-Brief
ein
comisches Gedicht.

Erster Gesang.

Sing, lose comische Muse, sonst Göttin Laune genant,
In ungekünstelten Reimen und mannichfaltigen Tönen
Von einem Liebes-Briefe, der, seit er aus der Hand
Des süssen Seladons kam, bis in das Zimmer der Schönen
5 Die das geliebte Petschaft mit zitternden Fingern erbrach,
Durch ein verhaßtes Geschick, Gefahr und Ungemach

Und Ebentheuer erlitten — Schont denn die Ra=
    che der Götter
Auch nicht das zarte Papier verliebter zärtlicher
    Blätter?
Ist Cypris und ihr Sohn nicht mächtig genug,
    zum Truz
10 Der alten grämlichen Götter, die ihnen den Vor=
    rang verstreiten,
Die reisenden Billet=Doux in ihren besondern
    Schutz
Zu nehmen und sicher zu Ort und Stelle sie zu
    geleiten? —
Ob sie es diesmal gethan, zeigt der Erfolg der
    Geschichte; —
O formte sie die Muse zum epischen Gedichte!
15 Doch mit dem Vorbehalt: Sie mache meinen
    Gesang,
Damit man nicht heiser sich singe, nicht zu ge=
    dehnt und zu lang.
Und du, mein liebes Mädchen, die du voll Zärt=
    lichkeit
So manches Briefchen mir schreibest, oft bey Ge=
    legenheit
Mir überschicktest, das stets zu meinen Händen
    gekommen
20 Hast du den Schuz der Venus bey unserm Brief=
    wechsel vernommen,
So preise dich glücklich und mich; so sey ver=
    schwiegen und still,
Und gönne dein Mitleid dem Briefe wovon ich
    jezt reden will.

An

An einen heitern Morgen, kaum wie es sieben
 geschlagen —
Sehr früh, denn bey dem Stutzer pflegt es sobald
 nicht zu tagen —
25 Saß schon in brauner Bikesche mit unfrisirten
 Haar
Der zärtliche Seladon auf seiner weichen Bergere
Von bunten indischen Chiz — das ganze Zim=
 mer war
So aufgeputzt, als wenn es einer Dame gehöre.
Nur war da ein kleiner Schreibtisch, beschlagen
 mit grünlichem Tuch
30 Der Federn, Papier und ein Tintenfaß von Fa=
 yance trug.
Schon war der Chinesische Thee hinunter geschlür=
 fet (o Schade!
Warum trinkt Seladon nicht vielliebr Chocolade
Gesätigt mit Vanille, die reichlich Gedanken
 nährt,
Wenn man in Billet=Doux sein zärtliches Herz
 erklärt?)
Der Thee war also getrunken und Seladon wuste
 noch nicht
Den Anfang des werdenden Briefes, den ganzen
 Wust der Ideen
In eine Ordnung zu formen. — Das klopfende
 Herze spricht,
Allein der Kopf will noch nicht die Sprache des
 Herzens verstehen —

Er war des Vorwurfs zu voll, und hatte nun
    schon seit acht Tagen
40 Aus manchem neuern Roman, in Sendschreiben
    abgefaßt
Excerpten gemacht und die zum Briefe zusammen
    getragen,
Doch keiner ist der völlig zu seinem Vorwurfe paßt –
Noch unentschlossen saß er und klingelte seinem
    Johann.
Der trat dienstfertig ins Zimmer und so fing Se-
    ladon an:
45 (Dies in parenthesi, ich bin den Monologen,
So sehr oft die Nothdurft in Drama sie heischet,
    durchaus nicht gewogen.
Man hat ja immer Vertraute, und wärens auch
    Lakayn
Und Kammerjungfern, drum wird mir der güti-
    ge Leser verzeihn
Daß ich des Seladons Diener zur Conferenz ge-
    zogen)
50 Mein guter Johann du weist (so sagte Seladon
Mit einem erleichternden Seufzer) wie ich vier
    Wochen schon
Von meiner geliebten Doris durch ein verhaßtes
    Geschick
Entfernet lebe, und rufe die güldene Zeit zurük,
Da ich in ihrem Arm, o welch Vergnügen em-
    pfunden —
55 Im Arm des göttlichen Mädchen — o Zeit wie
    bist du verschwunden! —
Nun weist du, ich hat durch Wort und Schwur
    mich verbunden,

Ihr

Ihr jeden Posttag zu schreiben, und habe Wort
    und Schwuhr
Bis jetzt nicht erfüllet, in einem Wirwarr von
    steter Zerstreuung
Vergaß ich des redlichen Mädchen und — dir
    gesteh' ich es nur —
60 Seit letzteren vierzehn Tagen wünscht' ich schon
    meine Befreyung.
Ach aber diese Nacht — da sah ich im Traume
    sie —
Die Augen naß von Thränen — und — reizend
    wie ich nie
Im Wachen sie gesehn. Sie schien mit strafen=
    den Blikken
Mir mein gethanes Versprechen verweislich vor=
    zurükken.
65 Hierauf verlohr sich mein Traum in dunkeln Fan=
    tasien
Die in dem Augenblick des Erwachers untreu
    entfliehen —
Ich wachte voll Unruh auf, und wie ich wieder
    schlief
So träumte mir, ich schrieb' an Doris einen
    Brief,
Versiegelt' ihn und war bereit, ihn abzusenden;
70 Doch eine scheußliche Uhu riß ihn aus meinen
    Händen,
Und flog mit ihm räubrisch davon — Was die=
    ser Traum bedeute
Erkläre wenn du kannst — Nun schrieb' ich gern
    noch heute;

A 4   Doch

Doch die verzweifelten Regeln schulfüchsiger Or=
    tographie
Die haß' ich — Nie war ich ein Freund Despo=
    tischer Pedanterie —
25 Wer will auch vom Cavalier verlangen, so künst=
    lich als wie —
Als wie — ein Professor zu schreiben? zwar Do=
    ris liebet sie
Die regelmäßige Schreibart — dies eben, Jo=
    hann, macht mich
So furchtsam an sie zu schreiben — Und über=
    dem weiß ich
Noch nicht den schicklichsten Anfang zum Briefe.
    Im mündlichen Reden
30 Such' ich meines gleichen, da werd' ich gewiß
    am lezten erblöden —
Ich kenne manches Ding wovon geredet wird,
    nicht,
Und rede doch davon mit entscheidender Zuver=
    sicht;
Doch mit dem Schreiben hält's schwehrer. Ich
    kann so gern ich wollte
Mich nicht so faßlich erklären, wie ich mich er=
    klären sollte.
85 Hast du je Liebes=Briefe geschrieben, mein guter
    Johann
So gib mir nun den Anfang zu einem solchen
    an.
So sprach er. Johann versetzet nach einer stei=
    fen Verbeugung:
Wie gnädiger Herr, Sie sprachen erst gestern
    noch mit Ueberzeugung,
    Es

Es sey kein Gott und kein Himmel und heute
schreckt sie ein Traum?
90 Mich deucht in diesen Reden, verzeihn sie's er=
kenn' ich sie kaum.
Wie Sie auf einen Brief an Fräulein Doris
dachten;
So thun sie endlich im Schlaf, was Sie, indem
Sie wachten
Schon lange gethan haben sollten. Nur das
verhaßte Gesicht
Der Brief entführenden Uhu, begreif' ich selber
nicht —
95 Es sey denn, daß dickes Geblüt, worüber sie
sonst doch nicht klagen,
Vielleicht auch ein mit Punsch zu sehr beladner
Magen
Der Dünste zum Hirne geschickt, — auch böses
Gewissen vielleicht,
Daß Sie ihr Wort nicht gehalten, schwermüthi=
gen Traum erzeugt.
Soll ich ihnen rathen: so schreiben sie heute,
und schreiben sie
So wie sie denken und reden, und um die Orto=
graphie
Bekümmern sie sich nicht; die Liebe wird alle
Flecken
Der Züge und des Stils und wie sie sonst heis=
sen, bedecken.
Schreib' ich an mein Mädchen; so schreib' ich so
etwa: Gott zum Gruß;
Ich kann nicht unterlassen, an dich, mein Lieb=
chen, zu schreiben —

105 Wie thust du dich befinden? Wirst mir doch treu verbleiben —
Was mich betrift bin wol, dir treu — dann folgt der Schluß,
An deinen Vater und Mutter mach meinen schö=
nen Gruß.
Schreib mir bald wieder, ich bin dein Diener und dein Freund
Bis in den Tod. So schreib ich, mein Mädchen liests und weint.
110 Welch abgeschmacktes Zeug erwiederte Seladon,
Weist du nicht besser zu rathen: so hab' ich den Henker davon.
Würd' ich an Doris so schreiben, solch fades Ge=
wäsch ihr schikken,
Sie würde sicher nicht weinen vielmehr für La=
chen ersticken.
Geh nur, ich brauche dich nicht. So sprach er, Johann ging ab
115 Beschämt durch den Verweiß, den Seladon un=
dankbar gab.
Und nun setzt Seladon sich zum Schreibtisch, und schon war ein Bogen
Des feinsten Papiers aus vier= und zwanzig an=
dern gezogen,
Worauf der Nahme des Meisters nebst einen Posthorne stand,
Er saß da mit Auctor Gebehrden, die Feder in der Hand

Und

120 Und haschte nach Gedanken, wie Dichter und Ad=
vocaten,
Jene nach schicklichen Reimen, diese nach Alle=
gaten.
Er fleth' um Amors Begeistrung, und eh' er sichs
versah
So war der Gott der Liebe mit seiner Begeistrung
da.
Er schrieb, die süssesten Worte, romantische Aus=
drükk' ergossen
125 So reichlich sich, als je aus einer Feder geflos=
sen —
So reichlich und so süß, als aus des Hopfen
Laub
Oft klebrichter Honigthau quillt, heißhungrigen
Bienen zum Raub.
Schon war die erste Seite des Bogen herab ge=
schrieben;
Schon stand da die feste Versicherung von un=
veränderten Lieben —
130 Und Seladon grif zur Streusandbüchse — Ach
aber! wie ward
Dem zärtlichen Schreiber zu muthe? Ein Gnome
feindseliger Art
Hatt', ohne daß er es bemerkt, das Tintefaß an
die Stelle
Der Streusandbüchse gesetzt. Er goß, — o
Himmel und Hölle! —
Die Tint' hin auf Papier — Wie eine Mutter
erschrickt
Wenn sie statt des schönsten Kindes den Wechsel=
balg erblickt

So

So sehr erschrak er. Es war so leicht nicht
wieder zu schreiben —
Für einen Seladon. Bald, dacht er, laß' ich es
bleiben!
Jedoch die mächtige Liebe, die diesen Gedanken
erstickt,
Ermuntert aufs neu ihn zu schreiben, wodurch
er begeistert sich fühlt;
140 Und endlich ein Liebes=Brief wo Schmerz, Ent=
zükkung und Flammen,
Verzweiflung, Ach und O! und mancher Eid=
schwur zusammen
In schönster Verbindung stand, sein zeitiges Da=
seyn erhielt.
Kanst du es, comische Muse, so sprich die Aus=
drücke nach
Die unser Seladon zu seiner Gebietherin
sprach —
145 Doch nein, ich merk' es, du bist zu diesem Ge=
schäfte zu schwach —
Der Brief war also geschrieben und siegreich drück=
te schon
In das noch brennende Lack sein Wapen Sela=
don —
Es war ein in Cristall dreyfach gestochnes Sie=
gel —
Gern hätte der schalkhafte Geome durch schnelle
Bewegung der Flügel

Ein

Ein Feuer angefacht und so den Brief ver=
brannt —
Jedoch ein stärkerer Geist that diesmal ihm Wi=
derstand.
Und eh' die Mittags = Sonne die rauchenden Dä=
cher beschien,
Flog schon Johann mit dem Briefe zum Post=Com=
tore hin.

Zweiter Gesang.

Wenn Dichter die Chronologie zu verkehren
    sich sorglos erlauben,
Das lezte zuerst erzählen und dann voll Eigen=
    sinn glauben
Dies sey poetische Schönheit, so bin ich der
    Meinung nicht
Und leite nach dem Faden der Chronik mein Ge=
    dicht,
5 Erzähle wie Johann, noch eh es zwölfe geschla=
    gen
Den Seladonischen Brief zum Post=Comtore
    getragen —
Hier saß ein grämlicher Schreiber; der fuhr den
    guten Johann
Wie jeden andern, ohn Ursach blos aus Gewohn=
    heit an.
Gleich jenem Hunde, der seinem ihm schäkern=
    den Herrn zu gefallen
10 So oft er es haben will, brumt, so brumte der
    Schreiber mit allen,
Bald kam man zu früh, bald zu spät, bald war
    die Münze zu schlecht,
Bald ging man zu lärmend einher, bald war
    sonst etwas nicht recht.
Izt hatte Johann den Verweis nach Standes=
    Gebühr bekommen
Den zweiten an diesem Morgen; Der Brief war
    angenommen,

Und

15 Und in die Charte gezeichnet, wo ohne Rückſicht, auf Stand,

Auf Wapen, Adreß' und Papier, ſchon manches Briefchen ſich fand,

Das mit ihm zu reiſen beſtimmt war; man packte groß und klein

In einen Umſchlag und dann ins Felleiſen unbequem ein.

Nun, Muſe, ſag mir, was traf unſer Brief für Reiſe-Gefährten

20 In dieſem Felleiſen an; womit er Freundſchaft gemacht?

Da war zuerſt ein Brief von einem finſtern Gelehrten

Mit kritzelnder Feder geſchrieben und zehnmal durchgedacht,

Voll metaphyſiſcher Grillen zuſammen geketteter Schlüſſe,

In Unterſuchung der Frage, ob ein aufmerkſamer Geiſt

25 Die Seh'-Organe des Menſchen ſo zu verändern wiſſe

Daß man Phantome ſehe, von denen er gründlich beweißt

Daß ſie nicht exiſtiren.   Er häufet Schluß auf Schluß

Schimpft derb' auf ſeine Gegner und rühmt den Cruſius

So ernſthaft ſo zänkiſch und ſtolz der Brief auch ſchien zu ſeyn:

So ließ doch unſer Held mit ihm in Geſpräche ſich ein —

Bey

Bey diesem lag ein Brief von einem Candidaten
An eine Wäscherin geschrieben, mit einen Ducaten
Beschwehret; er selber mag wissen, wofür er ihn
schuldig blieb.
Er der mit zweydeutigen Worten doch ihr ver=
ständlich gnug schrieb,
35 Freundschaftlich dutzt' er sie, und wünschte nur
ihr zu Gefallen
Noch einmal auf Akademien im Finstern herum
zu wallen,
Beklagte den lästigen Zwang, und die herrische
Aufsicht wobey
Er ein ganz andres Geschöpf als ehmals in Sa=
lathen sey.
In übrigen war dieser Brief mit einem Petschaft
verschlossen
40 Worauf ein Herze stand mit Pfeilen zweyfach
durchstochen.
An diesen schloß sich ein Brief mit schwarzen
Trauer=Rand
Worin die Nachricht vom Tod' eines weitläufti=
gen Vettern sich fand,
Den kaum der Vetter, an den der Brief bestimt
war, gekannt.
Er rühmte mit prächtigen Worten und mit ge=
druckten Lettern
45 Den Rang und die glänzende Tugend des nun=
mehr seeligen Vettern,
Versicherte lügenhaft, wie alle Verwandte sich
grämen
Und hofte, man werde Theil an seiner Traurigkeit
nehmen;

Ver=

Verbath am Schlusse die Antwort; dies war das gescheuteste noch,

Denn dadurch ersparet' er dem Vetter zween Groschen Porto doch.

50 Nächstdem kam ein Rescript, versiegelt mit grosser Oblate,

Worinn dem ehrbaren, weisen, fürsichtigen Magistrate,

An den es gerichtet war, von einem höhern Gericht

Ein ernstlicher Verweis gegeben ward, daß er nicht

In einem Rechtshandel sich fürsicht'ger und weiser bezeigt —

55 Am Ende blieb man ihm doch zu freundlichen Diensten geneigt.

Man sagt, der Magistrat sey so gescheut gewesen,

Nur Anfang und Ende des Schreibens in pleno zu verlesen.

An dieses schmiegete sich, zu einem wahren Contrast,

Ein schmeichelhaftes Schreiben an einen Rathsherrn, verfaßt

60 In schleppenden Reimen, worin der kriechende Client

Den Rathsherrn bald seinen Patron, bald gar seinen Schuzgott nennt.

Und endlich bittet, es wolle sein gütiger Maecenat

Ihm seine Stimme geben zum städtischen Cantorat.

B   Hier

Hier folgt' ein zänkisches Schreiben, an einen leichtsinnigen Prasser
65 Von einem Wuchrer geschrieben; der drohende Verfasser

Heischt Capital und Zinsen und rechnet dem Prasser vor,

Wie viel er an Interessen von jenen Zinsen verlohr.

Mit Fleiß enthält er sich, sie Zinsen von Zinsen zu nennen,

Doch calculirt er, sie hätten soviel verdienen können —

70 Der arme Brief — ihn opfert der Prasser dem Vulcan

Und zündet bey ihm gelassen sein Pfeifchen Tobak an.

Zu diesem gesellete sich ein Brief in grossem Format

Von einem Küster geschrieben, worin ein Vater bath,

Man wolle sein zartes Söhnlein, womit seine Gattin so eben

75 Entbunden, zur Taufe halten, ihm helfen die Christenheit geben

Und nehmen dann in seiner Wohnung mit Speis' und Trank vorlieb.

Der Küster, der diese Art Briefe nach einem Muster schrieb

Und schon in der Aufschrift den Titel, Freund und Gevatter gab,

Schreckt manchen, den Inhalt zu lesen, durch seine Höflichkeit ab.

Oft

⁸⁰ Oft war bey Ankunft des Briefes das Kind schon
getaufet. Jedoch
Er ladete zu der Handlung mit gleicher Zuver=
sicht noch.
Es mocht' auch der Gevatter fern in Amerika
seyn,
So ladet' er zum Schmause nicht desto weniger
ein.
Nächstdem befand sich ein Brief von einem stu=
direnden Sohn
⁸⁵ An seinen Vater geschrieben, in ziemlich kindli=
lichen Ton:
Er schilderte seinen Fleiß und rühmte jeden der
Lehrer
(Dem Nahmen nach kaum ihm bekant) von dem
er ein wahrer Verehrer,
Noch mehr ein Liebling sey, in dem kein treuer
Hörer
Als er sich finde, der seine den Musen geheiligte
Zeit
⁹⁰ So wohl zu ordnen gewußt, so nüzlichen Künsten
geweyht.
Am Schluß beklagt' er des Orts nachläßige Poli=
zey
Und daß da für Sparsame selbst ein kostbarer Auf=
enthalt sey.
Er hoffe daher, es werde sein gütiger Vater ge=
ruhn,
Zu den bisherigen Wechseln noch etwas hinzuzu=
thun —

B 2 Von

95 Von eben dieser Hand war noch ein Schreiben
vorhanden,
An einen Freund, worin sich freyere Ausdrükke
fanden.
Mit offenem Herzen bekant er, sey so thöricht
nicht,
Ein Bücherstürmer zu werden und sich mit Gril=
len zu nähren;
Er denke, für einen Burschen sey dies die drin=
gendste Pflicht
100 Die akademischen Freuden zu nuzen, nichts wei=
ter zu hören
Als was die Sinne vergnüge. Sein eifrigstes
Studium sey
Das Fechten, Tanzen, und Reiten, auch etwas
Tonkunst dabey.
Im übrigen kümmr' er sich nicht um Codex,
Novellen, Pandekten,
Worin so viel barbarisch' und unnüze Wörter
stekten;
105 Als Amtman brauch' er das nicht, und würd' er
zum Unglück einmal
Rath bey der Canzeley, vielleicht auch beym Tri=
bunal,
Wie man nicht wissen könne, so woll' er die Re=
lationen
Durch einen andern entwerfen lassen und den da=
für lohnen.
Er hege gegen das Lehnrecht und gegen das Recht
der Canonen,

(So

110 (So wizig drükt' er sich aus) besonders tödlichen Haß.

Dagegen mache das Peinliche Recht ihm zu Zeiten noch Spaß

Worin so viel von Nothzucht und andern lustigen Sachen

Erzählet werde, daß man Gelegenheit habe, zu lachen.

Zu Zeiten besuch' er aus Neugier, doch nur pro hospite

115 Das Accouchir=Haus, wo man oft alte Bekantinnen seh.

Am Ende schwazt' er noch viel von festlichen Lustbarkeiten,

Die in und ausser der Stadt ihn bis anhero erfreuten,

Und jeden auswärtigen Gasthof beschrieb er auf ein Haar

Der auf drey Meil' im Durchschnitt' von ihm entfernet war.

120 Hier fand sich auch ein Brief von einer Frau vom Stande

Die in der Hauptstadt lebt', an eine Dam' auf den Lande.

Posttäglich erzählte sie ihr jedweden neuen Puz,

Frisur und Kleidung und Farbe, die unter der Mode Schuz

Aus Frankreich herüber gekommen. Izt eben beschrieb sie also

125 Die Farbe vom Floh in Wochen, die Farbe vom zornigen Floh. *

---
*couleur de puce en couche, couleur de puce en colere.

Nächstdem den prächtigen Kopfschmuk' genant
  a la Zodiacale
Wo neben der Sichel des Mondes und mannich=
  faltigem Strahle
Der Sterne von Brillanten, ein künstlicher Thier=
  kreis glänzt
Der mit zwölf himmlischen Zeichen die hohe Fri=
  sur umkränzt.
130 Es war bey diesem Briefe — halb Deutsch, halb
  Gallisch geschrieben —
Aus Sympathie ein Schreiben von einem Fähn=
  drich geblieben,
Den kürzlich sein Patent aufs einsame traurige
  Land,
Fern von Vergnügen des Hofes, wo er als Page
  stand,
Dahin geschleudert. Er klagt' in Worten, schlecht
  buchstabiret,
135 Daß ihn der Henker in die Sibirische Wildnis ge=
  führet,
Wo keine artige Welt, kein Mensch von Familie
  sey.
Da wohn' ein mürrischer Pfarrer und noch zween
  oder drey
Die keine Bauren sich dünkten, doch dächten sie
  nicht viel gescheuter.
Er lieg' in einer Hütte mit einem bärtigen Reu=
  ter,
140 Der nichts von Frisiren verstehe — und jähne
  den ganzen Tag,
Beseufze sein einsames Leben und untapezirtes
  Gemach.

          Das

Das einzige, was noch diene, ihn bey gesunden
Sinnen
Und heiter zu erhalten, Vergnügen zu gewinnen
Das wären die strohernen Hütten der lustigen
Bleicherinnen,
145 Die er zu Zeiten besuche, und spaße mit ihnen
so frey
Als wenn er mit ihnen erzogen von gleichem Ur=
stoffe sey —
Das waren nun etwa die Briefe mit denen der
Held der Geschichte
Bekanntschaft gemacht. Fern sey es von mir und
meinem Gedichte
Sie alle die Briefe zu schildern die ein Behältnis
umschloß —
150 Jedoch warum er vorzüglich der Freundschaft je=
ner genoß,
Sie selbst zu Freunden erkieste das ist so leicht
nicht zu sagen.
Ihr lieben Leser, wird man euch um die Ursach'
befragen
Warum ihr diesen und jenen zu euren Freund'
erwählt,
Ich glaube sicher, daß euch oft gründliche Ant=
wort fehlt.
Oft macht ein Ohngefehr, oft eine Gleichheit mit
Zügen
Von einer euch werthen Bildung, auch oft ein
Hang zum Vergnügen

Der Mangel beßrer Gesellschaft, daß ihr eure
    Freundschaft verschenkt
An den der in keinem Stükke, so wie ihr, handelt
    und denkt.
So ging es auch unsern Briefe, wie er sich Freund'
    erwählet;
160 Mit ganz verschiedenem Geiste war jeder von ih=
    nen beseelet.
Denn jedem flöste sein Auctor ihm eigne Gesin=
    nung ein;
Hierin scheint die Zeugung der Briefe der Mensch=
    lichen ähnlich zu seyn.
Doch ist auch bey unserm Geschlechte der Saz
    nicht allgemein.
Zuerst, wie der Seladonide in die Gesellschaft kam,
165 Herscht' eine mistrauische Stille; doch allgemäh=
    lich nahm
Die Neugier, die Liebe zum Plaudern und zum
    geselligen Leben
In der Gesellschaft Plaz. Der Seladonide war
    eben
So blöd' als ein junger Student, wenn er zum
    erstenmal
Ins Auditorium tritt — ja eben so furchtsam
    und blöde
170 Als eine Schöne vom Lande, die im Redouten=
    Saal
Zum erstenmal tanzen soll — doch die freundschaft=
    liche Rede
Von seinen Reise=Gefährten macht endlich ihn
    herzhaft und froh.
Im Felleisen eingekerkert vertändelten sie also
                         Die

Die Langeweile — Sie reisten, wie Fürsten-Kinder oft pflegen
Die sich im Reise-Wagen bequem zur Ruhe legen,
Und reisen durch gaffende Städte, und sehn nichts weiter davon
Als das sie erwartende Posthaus auf jeder Station,
Und schlummern so von einem bis zu dem andern Lande,
Und jagen ohne Noth manch keichendes Post-Pferd zu Schande —
So sahn auch jene nichts, was für die Müh' und Gefahr
Des Reisens einiger Lohn, was sehenswürdig war.

Dritter Gesang.

Auf breiten gepflasterten Wegen mit Seiten-
 Graben versehn,
In schnur gerader Richtung (man nennt sie Chauſ-
 seen)
Die manchen fruchtbaren Akker, die Krümmen
 zu vermeiden,
Dem Reisenden zum behagen, dem Landmann zum
 Jammer durchschneiden,
5 Ritt schon mit unsern Briefen ein leichter Postil-
 lion,
Ein Knabe mit tönenden Posthorn die dritte
 Station.
Schon waren die stillen Gefilde mit nächtlichen
 Dunkel bedekket,
Bey schwachem Schein des Mondes, in trüben
 Wolken verstekket;
Jezt führte die Strasse zum Walde, wo Fichten
 an Fichten stehn,
10 Im ungebesserten Hohlweg, nicht mehr auf be-
 quehmen Chausseen.
Der unbesorgte Knabe, den Wald und Dunkel
 nicht schrekket,
Bald schlummert und wanket, bald wieder sich
 durch sein Posthorn erwecket,
Bald mit den Paßgänger schmählet, war etwa
 mitten im Wald
Als plözlich aus dem Gebüsch' ein schreckliches:
 Werda? erschalt.
 Kaum

15 Kaum ließ man ihm Zeit zur Antwort so eilfertig
er sie auch gab:
Gut Freund! — so stürzt' ein Schlag schon ihn
aus dem Sattel herab,
Ein Räuber ergrif sein Pferd und einer schlug
ihn zu Tode —
Doch nein, du schalkhafte Muse, das ist hier kei=
ne Mode
In Comischen Helden=Gedichte zu morden; laß
immer den Knaben
20 Im Busche sich versteckt, und so sich gerettet ha=
ben —
Genug die Räuber hatten das Pferd in ihrer Ge=
walt,
Sie schnitten das Felleisen ab, und öfneten es
alsobald
In Hofnung, Schätze zu finden, und wühlten
zwischen den Briefen,
Die mehrentheils geruhig, vom Plaudern ermü=
det schon schliefen.
25 Nicht wenig erschraken die Briefe als mit den
schwarzbraunen Händen
Zigeuner beschäftiget waren, sie hin und wieder
zu wenden,
Zu untersuchen, ob Geld in ihnen versiegelt sey?
Die leichten schmächtigen kamen nach kurzer Prü=
fung frey,
Doch die mit Geld beschwehrten, die dreist und
stolz genug waren
30 Den innern Werth so gleich bey der Aufschrift zu
offenbaren,

Zerriß

Zerriß man in gieriger Eil' und warf das zerstükte Papier

Verächtlich zur Erde. Ihr armen ihr ledigen Briefe seyd ihr

Nicht weit beglükter, gesichert vor Raub Entehrung und Wunden —

So sehr ist noch immer Gefahr mit Gröſz' und Reichthum verbunden.

35 Dies tröſt' euch ihr Arme, die ihr in niedrigen Hütttcn wohnt,

Wo euch, auch unverriegelt, der Räuber Habsucht verschont —

Ein trauriges Schicksal hatte der Brief des Candidaten

An seine Wäscherin beschwehrt mit einem Ducaten,

Er ward geöfnet, beraubt, und hätte er nun auch das Glük

40 Verarmt zu ihr zu gelangen, sie wies' ihn sicher zurück.

Sie war es nicht gewohnt, blos Complimente zu speisen

Und pflegte beym Mangel des Geldes den Liebhaber von sich zu weisen.

Da lagen nun die Briefe im sumpfigen Wege zerstreut,

Von nächtlichen Thaue befeuchtet, bis an den lichten Morgen

45 Und unser Seladonide von Räuberhänden entweyht,

Doch uneröfnet, lag da im Himbeer-Gesträuche verborgen.

Kein

Kein Brief von seinen Gefährten lag so gesichert,
wie er —

Ihn schüzte die mächtige Liebe, kein blindes Ohn=
gefehr —

Doch hatte die Göttin der Lieb' ein kleines Ver=
sehen gemacht

Daß sie ihn nicht bey Zeiten ans Tages Licht ge=
bracht.

Denn wie am Morgen Beamte mit Unterbedien=
ten kamen

Und die sich findende Briefe in sichern Gewahr=
sam nahmen

Entdeckte man unsern Brief in Himbeer=Geströu=
che nicht

Der da verlassen und einsam drey lange Tage liegt,

Von keinem scharfsichtigen Forstman, von keinem
Wandrer entdekt,

Und ohne die mindeste Achtung kroch über ihn
manches Insect.

Indessen sorgte Cythere ihn mit unsichtbaren
Händen

Der Wildnis zu entreissen und seinen Kummer zu
enden.

Sie führt' in das Gebüsche, wo er verborgen
war,

Bereits am zweiten Morgen ein feurig verliebtes
Paar.

Doch weder der glückliche Jüngling, noch seine er=
röthende Schöne

(Unwürdig, daß die Liebe sie jemals wieder so
kröhne.)

Ver=

Bemerkten den Seladoniden — vielleicht auch sahen sie ihn,
Und nahmen sich nicht die Zeit, sich um ihn zu bemühn;
Der Zeitpunct war zu kostbar, als daß sie mit Nebendingen
Sich da beschäftigen sollten, wo sichere Siege gelingen.
So meint man; doch muß ich zur Ehre der weiblichen Neugier gestehn,
Am glaublichsten ist, daß ihn das Mädchen nicht liegen gesehn,
Sie hätt' ihn sonst gewis den Jüngling bemerklich gemacht
Und dann so hätte die Furcht ihr süsses Vergnügen gehindert: —
Ist dieses nicht der Ort, wo in vorgestriger Nacht
Die Räuber den Postillion mit seinen Briefen geplündert
Und wir, wir tändeln hier — o Freund, o laß uns entfliehn —
Doch nim auch jenen Brief, und öfn' und lies mir ihn
So hätte sie gesprochen. Zum Glück für den Seladoniden
Ist dieses nicht geschehn — und so war ihn beschieden
Noch länger im Busche zu harren, bis an den vierten Tag.
Da gingen zwo kleine Mädchen den reifenden Himbeeren nach —.

Wahr=

Wahrscheinlich daß Cythere, die groß' und kleine
  regieret,
Die Kinder zur Rettung des Briefes in diese
  Dikkung geführet.
Sie pflükten und aßen zugleich. Doch kaum er‑
  sahn sie den Brief,
Als jedes von ihnen in Eil', ihn aufzunehmen
  lief —
Das Kleine will ihn erbrechen; allein das Gröſſe‑
  re spricht:
Wir können ihn doch nicht lesen, und also hilft
  uns das nicht.
Laß lieber uns den Brief zum Herrn Magister
  tragen
Der wird vielleicht noch freundlich uns Groſſen‑
  dank dafür sagen.
So war es beschlossen; jedoch des Helden Schik‑
  sal wolte,
Daß er statt des in die Hände des Küsters kom‑
  men sollte.
Der nahm den Kindern ihn ab, und ohn' ein süſ‑
  ses Wort
Ging er der durstige Küster mit ihm zur Schenke
  fort.
Dies war sein Lieblings‑Ort, wo er tag täglich
  saß,
Und vor den Zechenden Bauren den Wandsbek‑
  ker‑Bothen verlas;
Die dunkelsten Stellen ihnen mit sinnreichen Wor‑
  ten erklärte
Und für ein Gläschen Schnaps die Erdbeschrei‑
  bung sie lehrte.

Den

95 Den Kopf voll politischer Brokken, womit er den Unterricht
Heut' ihnen zu würzen beschlossen, dacht' er nun weiter nicht
An den erbeuteten Brief, die Augen nach der Flasche
Zog er ihn mit der Zeitung unwissend aus der Tasche.
Er las — die horchende Menge stand neugierig um ihn her
100 Und trank und schmauchte sich dumm, als einer von ohngefehr
Den Brief da liegen sah' — und drükte mit ihm, o Schmach!
Den feurigen aus der Pfeiffe sich drengenden Toback nach.
O wüste Seladon, o wüste seine Schöne
In diesem Augenblik des Briefes Ungemach,
105 Ich weiß es flösse für ihn die heisseste zärtliche Trähne —
Denn ach! ein leichtbrauner Fleck brennt tief in das Papier —
O weh dem armen Briefe, der unter Bauren hier
Mehr Schaden erlitten, als durch der Plünderer Raubbegier.
Nachdem er also verlezt war, warf ihn der Unmensch darnieder —
Jedoch ein Scherenschleifer, ein Menschenfreundlicher Mann,

Ein

Ein ofner pfiffiger Kopf erhob ihn unbemerkt wieder,
Und staunte das abliche Wapen mit Kenner-Augen an.
Er hatte von der Heraldik in seinen jüngeren Jahren
Von einem Petschaftstecher die Anfangs-Gründ' erfahren;
Er wuste die Zeichnung von Gold und Silber und Purpur und Blau,
Und schon am Helm' erkannt' er den Edelman genau —
Ey, ey, ein abliches Petschaft, ein Brief von vornehmen Händen
Und an ein Fräulein geschrieben — An Doris von Hohenauf —
Wie komt der in die Schenke? — ich will, ich will ihn entwenden —
Ist was daran gelegen, so sizt noch ein Trinkgeld darauf —
So denkt er bey sich selbst, und stekt ihn bey sein Geld
In eine lederne Tasche, die er für die sicherste hält.
Vom Drehn seines Rades ermüdet, legt' er geruhig und froh
Nach leichter Abendkost sich auf das Lager von Stroh,
Und schlief so süß als auf Pflaum und kante nicht die Gefahr
Die seinem Geld' und dem Briefe die Nacht bestimmet war.

Ein

Ein wandernder Israelit, ein Kerl voll schelmi=
 scher Künste
Misgönte dem Scherenschleifer die mühsamen klei=
 nen Gewinste —
Er sah' den ledernen Beutel und that als säh' er
 ihn nicht,
130 Und wie der Scherenschleifer im festesten Schlafe
 liegt,
Es durch sein Schnarchen versichert: so schneidet
 er schlau und geschickt
Den ledernen Beutel ihm ab — und eh' ihn der
 Morgen erblickt
Schleicht er sich aus der Schenke und prellt den
 Wirth um die Zeche,
Vergißt indessen doch nicht, daß er sein Dankge=
 beth spreche,
135 Und wie er fern vom Dorfe in einem sichern Thal
Die Münzen überzählt (nicht sonderlich groß war
 die Zahl);
So warf er theils aus Vorsicht daß man ihn nicht
 entdekke;
Theils, weil er nicht lesen konte, den zärtlichen
 Brief in die Hekke
Und lief mit seiner Beute durch manchen Umweg
 davon —
140 Da lag nun dein Geschöpf, du armer Seladon,
Da lag es nun wieder verlassen bis an den fol=
 genden Morgen —
Wo ohn' ein neues Wunder ihn keine Seele fand.
Doch Venus hörte nicht auf, für seine Rettung
 zu sorgen.
Sie führt' an das Gebüsche mit unsichtbarer Hand

Die

Die Hirten der Ziegen aus einem nicht weit ent=
    legenen Flekken,
Und ließ sie alsobald den Seladoniden entdekken.
Sie nahm ihn freundlich auf, und lief mit frohen
    Sinn,
Mit dem papiernen Funde, zum Edelhofe hin.

Vierter Gesang.

Ist das nicht ein grosses Versehn in meinem
    Liebe zu nennen,
Daß wir bis zum vierten Gesange so wenig die
    Heldin kennen
An die der Brief gerichtet? — Erst hies sie Do-
    ris; darauf
Dem Reime zu gefallen, gar Doris von Hohen-
    auf.
5 (So glaubt der Critiker) und was wir von ihr
    lesen,
Ist, daß sie ein abliches Fräulein und Seladons
    Liebste gewesen.
Daß er sie ein göttliches Mädchen genannt, und
    gerühmet, daß sie
Im Schreiben ihn selbst übertreffe, nach Regeln
    der Orthographie,
Das ist es, was man von ihr aus dem Munde
    des Liebhabers weis —
10 Hier ist nun ihr Porträt — Ich habe dem Leser
    mit Fleiß
Es als die schönste Zeichnung bis hieher verspah-
    ren wollen,
Auch hätt' ich als Chronologe, nicht eher sie zeich-
    nen sollen.

So wenig sonst auf die Schildrung das Lob der
    Verliebten zu bauen,
So können wir doch diesmal dem Seladon sicher
    trauen —
Sie war ein niedliches Mädchen, schlank wie Dia=
    ne und schön
Wie eines Raphaels Venus, und lies durch Stel=
    lung und Mienen
Bey freundlich gefälligem Wesen viel männliche
    Klugheit sehn,
So daß kaum Göttin Minerve verständiger, wei=
    ser geschienen.
Sie kleidete sich modern, doch herschte jedesmal
Der feinste geprüfte Geschmak in ihres Puzes
    Wahl.
Entfernt vom Gaukelnd bunten, besondern und
    Affectierten
Verstand sie die Würkung der Farben, die sie be=
    sonders zierten,
Und die mit ihrer Haut und Haaren harmonir=
    ten.
Es sey Soucis, Chamois, Capuzin, Apfelgrün,
Das war ihr immer das Schönste, was abstechend
    reizender schien.
Ihr Puz war mehr zierlich als prächtig. Sie
    selber war — doch nein!
Ein unvollkomner Abris mag meine Zeichnung
    seyn —
Ob Doris gros oder klein, blond oder brünett
    gewesen,
Das werden Herrn und Damen in meinem Ge=
    dichte nicht lesen.

                                        Warum?

30 Warum? Ich möchte gern mit jeder Leserin,
Sie sey gros oder klein, blond oder brünett mich vertragen.
Drum denke jede sich die Doris nach ihrem Sinn,
Auch jeder Jüngling mag nach seinem besten Behagen
Sie als sein Mädchen sich bilden, und hätt' er zum Unglück einmal
35 Kein Mädchen — so denk' er sich ein schönes Ideal.
So viel von Reizen der Doris. Im übrigen war ihr Verstand,
Ihr niederschlagender Wiz, genährt durch die schönste Lectüre,
Die Feinheit ihrer Sitte, der ganzen Gegend bekant.
Sie hatte den Wahn, daß Verstand auch Frauenzimmer ziere.
40 Sie schwazte gern von Büchern, jedoch aus Vorsicht zwang
Sie sich, gelehrt nicht zu scheinen, denn manchem Stutzer wird bang
Belesene Mädchen zu hören, platt denkende sind ihm lieber.
In ihrem Zimmer stand dem Puztisch gegenüber
Die artigste Bücher-Sammlung in nußbaum gläsernem Schrank.
45 Moral, Geschichte, Physik, Vernunftlehre, Geographie,
Musik und Dichtkunst wohnten daselbst in Harmonie.

Bey

Bey diesen seltnen Gaben des Geistes und Körpers war sie
Nicht mit so viel Reichthum versehn als sie verdienet hätte,
Wenn Schäze glüklich machten. Inzwischen war sie, ich wette,
50 Zufriedner als jene reiche verguldete Figur
Die ihren Geist verwahrlost, und durch den Reichthum nur
Sich glüklich dünkte, und izt mit langer Weile sich quälet,
Indeß es unsrer Doris nie an Verehrern fehlet.
Es fand sich unter diesen der flüchtige Seladon,
55 Ein junger, wohlgestalter, neumodiger Baron,
Der fleissig sie besuchte, sein sparsams Wissen verstekte,
Und täglich neue Reize an unsrer Doris entdekte,
Zulezt sich würklich verliebte. Sie übersah ihn nun bald —
Doch ob es Eitelkeit, ob seine gute Gestalt,
60 Vielleicht auch der Wunsch es verursacht, von einem flüchtigen Wilden
Ihn umzuschaffen und ihn nach ihrer Idee zu bilden,
Das ist noch zweifelhaft. Genug die Schöne ergiebt
Sich ihm nach kurzer Belagerung und wird nun gleichfals verliebt.
Es scheint, als triebe der Gott der Liebe damit sein Gespötte,
65 Daß er ungleiche Gemüther sehr oft zusammen Kette —

Schon

Schon hatte seit ihrer Liebe, die täglich in Wachs=
thum steigt,
Der Neu=Mond zum zehntenmale die silbernen
Hörner gezeigt,
Als das vielzungige Unding, das Boileau und
Virgil
So meisterhaft schildern, als Fama gern Dank
verdienen will,
Und Seladons Vater, dem alten Geldhungrigen
Baron,
Der weit von hier entfernt lebt, entdekket, daß
sein Herr Sohn
Sich in ein Fräulein verliebet, daß glatt von
Stirn, doch dabey
Ein Bücher närrisches Mädchen, arm wie eine
Kirchenmaus sey.
Dies war genug den Alten in Harnisch zu brin=
gen. Er schrieb
Sogleich des Sohnes Kappel. Dem war das
nun freylich nicht lieb;
Doch weil die Wechsel fehlten, die andre Bestim=
mung hatten,
So kam die Noth dem Entschluß zu kindlicher
Pflicht zu statten,
Und Seladon reiste davon. Der Abschied war
äusserst betrübt,
Mit Trähnen und Schwühren versiegelt, das kan,
wer jemals geliebt,
Und wer Romane gelesen, ohn weitere Schilde=
rung denken.
Dergleichen Bilder wird mir der gütige Leser gern
schenken.

Sie

Sie schieden. Seladon suchte durch neue Bekant=
 schaft und Wein,
Und Fräulein Doris durch Bücher und Puz sich
 zu zerstreun.
Sie, sagt man, wäre nicht so glüklich wie er ge=
 wesen —
85 Und ohne den schrekkenden Traum wär' er vielleicht
 genesen.
Sie aber kont' ein Blat, zwey= drey= und mehr=
 mal lesen
Und wuste nicht was sie las. Zwar blieb sie nicht
 lang' allein
Und neue Verehrer stelten sich täglich bey ihr
 ein,
Bestürmten ihr Herz, das einmal der Liebe sich
 ergeben.
90 Allein sie wünschte nur, für Seladon zu leben
Und blieb bey jedem Angrif der Stürmenden un=
 besiegt —
Vergebens hofte sie, wie Seladon versprochen,
Auf einen Brief von ihm, ward endlich misver=
 gnügt
Und in schwehrmüthiger Unruh verstrichen einige
 Wochen.
95 Sie fing schon an zu wanken, ob sie an Se=
 ladon
Den Leichtsinn rächen wolte; ja halb beschloß sie's
 schon

E 5   Wenn

Wenn sie die Enveloppe, die damals sie ange-
fangen
In feinem Rosen-Filet, als Seladon von ihr
gangen
Vollendet haben würde — Sie hatte die
Odyssee
100 Und den Entschluß gelesen, den die Penelope
Entfernt von Ulyssen, einst faßte die Liebhaber zu
entfernen —
Von einer solchen Dame kan schon ein Mädchen
was lernen —
Doch machte sie das Kunststük nicht affenmäßig
nach,
Und trennte nicht die Nacht die Maschen die sie
den Tag
105 Gestrikket; nur beschloß sie, sich nicht zu über-
eilen,
Und bey der entscheidenden Arbeit fünf Wochen
zu verweilen.
Izt war die Zeit zu Ende, der kritische Tag war
da,
Da sie der fruchtlosen Liebe zu Seladon sich begeben,
Ihn so bestrafen wolte. Daß dieses nicht ge-
schah'
110 Verhütet die Göttin der Liebe. An diesem Tage kömt eben
Die glükliche Ziegenhirtin zum Schlosse, das Doris bewohnt,
Und bringt den zärtlichen Brief, gewiß nicht
unbelohnt.

Sie

Sie gab ihn dem Hausverwalter, der las die Auf=
    schrift und gab
Ihn an die Cammerjungfer des gnädigen Fräu=
    leins ab.
O wie erstaunte Doris! Erröthend ob ihrem Ent=
    schlus
Empfing sie den schmuzigen Gast mit einem zärt=
    lichen Kuß —
Das kan der Leser leicht denken, daß sie ihn be=
    schmuzet empfangen,
Da er durch die Hände von Christen, Zigeunern
    und Juden gegangen.
Und dann der lichtbraune Flek — dies alles be=
    merket sie nicht,
Wie sie mit zitternden Händen das Siegel des
    Briefes erbricht;
Gnug, daß er mit süssen Worten ihr ewige Treue
    verspricht.
O dreymal beglükter Brief, nach manchen Unfall
    komst du
Izt eben als gerufen; genies nun erquickende
    Ruh
Auf Doris Toilette — Was weiter sich zuge=
    tragen,
Wird mir erlaubet seyn, mit wenigen Worten zu
    sagen:
Zuerst schrieb Doris wieder — dann starb der al=
    te Baron —
Und dann ward sie die Gemahlin des zärtlichen
    Seladon —

So machte denn wie gewöhnlich, die Heyrath
 den Schlus der Geschichte —
Verdanket es dem Briefe, dem Helden in mei=
 nem Gedichte.

Das
Landgericht

ein

dramatisches Gedicht

in

einem Aufzuge.

Personen des Stüks.

Ein Balbier.
Michel, ein Bauer.
Jost, ein Bauer.
Clärchen, ein Bauermädchen.
Ein Bauermeister.
Ein Förster.
Der Landgerichts-Commissarius.

Das Landgericht

ein

dramatisches Gedicht

in einem Aufzuge.

Der Balbier.

Dort auf den Herrenhause,
Schikt alles sich zum Schmause
Und alles läuft und rennt,
Der Amtmann macht behender
Als sonst, sein Compliment.
Ein Osterfeuer brennt
In der bewölkten Küche,
O was die für Gerüche
Von Braten von sich hauchet!
Und jeder Schornstein rauchet —

Es

Es knirt der Bratenwender,
Da ist ein Vierzehnender,
Gros als ein Rind zerstükt,
Das Zimmer schön gespikt —
Da laufen die Lakain
Und pochen, trozen, schrein,
Die Närchen wollten gern
Noch mehr als ihre Herrn
Verpflegt, bedienet seyn.

Michel.

Ja! kommt denn aus den Strafen wol so viel heraus
Daß so ein königlicher Schmaus
Bezahlet wird? Ich glaub' es nicht,
Ich denke, für so manch Gericht
Das überflüßig aufgetragen
Zur Schau da steht, vielleicht auch nur den Magen
Verdirbt, könt's unser einer wol wagen
Die jungen Gehäge mit Sichel und Pferd zu besuchen,
Mit seinem Nachbar zu zanken, ein bischen zu schelten und fluchen,
In Fastnachts-Gelage und Spinne-Gesellschaft zu gehn
Und sich mit hübschen Mädchen zu verstehn.

Der Balbier.

Freund, das ist nur der Ordnung wegen,
Denn sonst mag wol kein grosser Seegen
Beym Landgerichte seyn.
Ja, der Herr Amtmann hat noch Schaden,
Indeß bestimmen Jhro Gnaden
Jhm ein beträchtliches für Wein,
Das bringts ihm wieder ein.

Schmauset nur ihr reichen Leute,
Schmauset, aber denket auch dabey
Daß noch mancher Armer heute
Hungrig, durstig sey.

Daß ihr schmaust ist euch vergönnet,
Machts nur nicht zur ersten Pflicht
Eures Daseyns, und verkennet
Menschen-Liebe nicht.

Denkt zu Zeiten im Genusse
Eurer Speisen, an den armen Mann
Der von eurem Ueberflusse
Sich erquikken kan.

Michel.

Welch eine Menge
Stürzt im Gedränge
Dort abgefertigt heraus!

Ein Bauermeister.

Die Abgeles'nen können mit ihren Laternen
Sich nur entfernen,
Und gehn beym Sonnenschein nach Haus.

Michel.

Seht, einen Mann von Wichtigkeit!
Er commandirt, er lärmt, er schreit
Mit seinen Untergebnen allen.
Doch wie geschmeidig ist er nicht,
Wenn er mit seinen Obern spricht,
Er bittet, schmeichelt, bükt sich, kriecht.
Tief ist sein Stolz gefallen.

Der Balbier.

Ich hab' einst im Calender gelesen,
In Griechenland sey ein Mann gewesen,
Der sich Diogenes genant,
Der habe mit der Latern' in der Hand
Bey Tage Menschen suchen wollen.
Mein guter Diogen,
Du hättest zum Land=Gericht kommen sollen
Da hättest du viel Collegen gesehn

Michel zu Josten
(der mit heraus komt.)

Wie steht es Jost?
Du siehst so freudig, so getrost.
Bist du noch gnädig abgekommen?

Jost.

Ja Michel! so wie ich vernommen
Bezahl' ich nichts, ich nicht, noch meine Frau.
Ich sprach: Ach, Ihro Gnaden,
Es war kurz vor der Trau
Das wird ja nicht viel schaden.
Ach! nehmen Ihro Gnaden
Das Ding nicht so genau.
Es fehlen wenig Wochen,
Dann hätt' ich nichts verbrochen.
Und gnäd'ger Herr sie sollens sehn,
Es soll nie wieder geschehn.

Michel.

Was sagte denn der Herr?

Jost.

Er schwieg,
Und lächelte und machte einen Strich

Queer durchs Papier.
Ach, aber armes Clärchen dir,
Dir hielt man nichts zu gute.
Wie wurde dir zu Muthe,
Als man dich abgelesen:
Veltens Clare ist am ersten May
Mit der Sichel in dem Hay
Wo der Büchen Anflug steht, gewesen?

Clärchen.

O weh, o welche Schmach! —
Ich armes Mädchen, ach! —

Michel.

Doch warum flehtest du nicht auch
Nach andrer Eingewrogten Brauch
Um gnäd'ge Strafe?

Clärchen.

    Ach, mein Herz
Ließ mirs nicht zu! o Schmerz!
Ich soll Gefängnis Straf' erdulden
Und wider mein Verschulden,
Weil ich den Bösewicht —

Jost.

Jost.
Still, sprich so laut hier nicht!

Clärchen.
Weil ich den Bösewicht nicht wolte Küssen,

Jost.
Still, sprich so laut hier nicht!

Michel.
Ich möcht indessen doch wol wissen
Warum der Landgerichts=Commissar
So gnädig mit den armen Sündern,
Als Jost und seine Frau ist, war.
Hingegen mit den guten Kindern
Als Clärchen ist, so unbarmherzig war,
Die nur ein wenig Himbeerkraut —

Jost.
Still, sprich hier nicht so laut!

Michel.
Ein bischen ungenüztes Gras entwandt,
Das im Gehäge doch zum Schaden stand?

Der Balbier.

Das will ich euch wol sagen:
Es fras der Krieg in unsern Tagen
Viel Menschen weg, drum sorgt man nie genung
Für die Bevölkerung.
Darum befördert man die Ehen
Und pflegt mit dieser Art Vergehen,
Als Jost beging, gern durch die Finger zu sehen.
Allein von Jahr zu Jahr
Verdünnert sich die Forst, das Holz wird rahr,
Drum sorgt man mit dem eifrigsten Bemühen
Den Anflug wieder zuzuziehen
Und straft mit Strenge, die sich unterstehn,
Mit einer Sichel in den Hain zu gehn.

Michel.

Was doch ein weiser Mann
Nicht gleich erklären kann!
In unserm Dorf der Küster,
Ja selbst der Herr Magister
Scheint kaum so weise mir
Als unser Herr Balbier.

Clärchen.

O weh! o welche Schmach!
Ich armes Mädchen, ach!

Wenn

Wenn ich nur noch mit Gelde büste;
Ich wolte durch nächtliches Spinnen
So viel schon gewinnen,
Als ich bezahlen müste.
Ach aber diesen Schimpf, den überleb' ich nicht.
Da kommt er selbst, der Bösewicht!

Der Förster.

Siehst du, Clärchen, hättest du
Mich nur küssen wollen,
Für mich hättest du in Ruh
Immer krauten sollen.
Hätt' ich dich auch selbst erblikt:
Hätt' ich weggesehen
Und ein Auge zugedrükt.
Doch nun ist's geschehen.
Im Gefängnis wirst du nun
Nächtlich weinen müssen.
Künftig wirst du besser thun
Ohne Zwang zu küssen.

Clärchen weinet.

Der Landgerichts-Commissar
(im Herausgehen von der Amtsstube.)

Was fehlt der Jungfer dort?

Jost.

Jost.
Ach, gnädiger Herr!

Der Landger. Commissar.
Nur kurz mit einem Wort.

Jost und Michel.
Der — der — Herr Förster dort.

Der Landger. Comm.
Nun, hat sie über den zu klagen?

Jost.
Sie mag es selber sagen.

Der Landger. Comm.
Nun, Mädchen, sag mir frey,
Was hast du vorzutragen?

Clärchen.
Ich ging es war am ersten May
Mit Nachbars Grethen in den Hey

Zum ersten mahl in meinem Leben,
Denn Nachbars Grethe sagte mir
Es habe der Herr Förster ihr
Erlaubnis selbst dazu gegeben,
Kaum war ich drin — und hüthete mich sehr
Nicht eine Lode zu verlezen,
Da kam der Förster schnaubend her —
Mich überfiel ein Zittern und Entsetzen:
Nun, Mädchen, sagt' er hier in diesen Hain
Ist alles mein.
Du must mich küssen, mir die Zeit vertreiben
Und hier im Busch ein wenig bey mir bleiben,
Sonst werd' ich dich zur Strafe schreiben.
Er fiel mich an. Ich sperrte mich und schrie
Und rief: Nein, küssen thu' ich nie.
Da lies er mich unwillig gehen,
Nam mir die Sichel ab und sprach
Mit manchem Fluch: du solst schon sehen,
Was das bedeutet, meinen Kuß verschmähen,
Und nun werd' ich bestraft! — Ach! — ach!

Der Landger. Commissar.
(zu dem Förster der sich entfärbt)
Ist dies andem?

Der Förster.

Nein — Ihro Gnaden — das
Das ist — nicht wahr — das war nur Spaß.

Michel.

Was kan es helfen, daß man es verhehlet.
Er hat es eben selbst erzählet;
Wenn sie ihn, sprach er, hätte küssen wollen,
Sie hätte vor ihm immer ruhig krauten sollen;
Und so hat ers mit mehreren gemacht,
Nicht auf das Wohl der Forst ist er bedacht,
Auf sein Vergnügen nur. Ja, gnädger Herr,
ja, ja!
Es weis das ganze Amt genug davon zu sagen,
Und über seinen Frevelmuth zu klagen.

Der Balbier.

Allhier aus diesem Promemoria
Geruhen Ihro Gnaden ein mehrers zu ersehen.

Der Förster.

O weh! nun ist's um mich geschehen.

Jost.

Jost.
(indem der Landgerichts=Commissar lieset.)

Was nicht ein bös Gewissen thut!
Es schlummert wohl, allein es ruht
Nicht immer, läst sich wekken,
Dem Frevler selbst entsinkt der Muth,
Er stammlet, und ihm steigt das Blut
Schnell ins Gesicht;
Der Bösewicht
Hilft selbst, ihn zu entdekken
Durch Angst und Schrekken.

Der Landger. Commissar.

Welch eine Reihe von Beschwerden!
Sie sollen untersuchet werden,
Und diese Jungfer wird für ihre Sittsamkeit
Von aller Strafe dieses mal befreit.

Chor.

Die unschuldsvollen Küsse
Wie schmekken sie so süsse!

Doch

Doch ein erkaufter Kuß
Den Eigennuz errungen,
Macht oder Noth erzwungen,
Gereicht dem Mädchen zum Verdruß.

Es lebe der Herr Landgerichts=Commissarius!

Michel.

Schon lange, Clärchen, lieb' ich dich
Und, wie mich dünkt, liebst du auch mich.
Heil uns! Nie soll's der Macht gelingen,
Von dir ein Mäulchen zu erzwingen.
Mir aber giebst du ohn Verdruß
Freywillig, Clärchen, einen Kuß.

Clärchen.

Ja, Michel, ja ich liebe dich,
Und, welch ein Glük! du liebst auch mich,
Heil uns! Nie soll's der Macht gelingen,
Von mir ein Mäulchen zu erzwingen.
Dir aber geb' ichs ohn Verdruß.
Kom, nim von mir den ersten Kuß!

Chor.

Chor.

Die unschuldsvollen Küsse,
Wie schmekken sie so süsse!
Doch ein erkaufter Kuß,
Den Eigennuz errungen,
Macht oder Noth erzwungen,
Gereicht dem Mädchen zum Verdruß.

Es lebe der Herr Landgerichts = Commissarius!

Zugabe einiger Gedichte.

Gespräch

der Muse Melpomene in einem Incognito mit vier Dichtern. (*)

Der erste Dichter.

Du, o Preis der Cheruskischen Schönen
Füge zu des Barden kühnen Harfentönen
Deine Silberstimme, ganz Wallhalla's Laut.
Liebe mich durch deinen Reiz entzückten
Bardensohn, mich Bindegeschmückten;
Werde mir Thusnelde, werde meine Braut.

Antwort der Muse.

O Barde, deiner Harfe Töne
Sind viel zu rauh, sind nicht für mich.
Geh, such Thusnelden! diese kröne
Mit ihrer Lieb' und Eichenlaube dich.

(*) Es ist wol unnöthig, zu erklären, daß man nur das Lächerliche einiger unglücklicher Nachahmungen der hierin gezeichneten Dichtungsarten und keinesweges alle Minnelieder, Bardengesänge und petrarchische Oden tadeln wollen.

Der zweyte Dichter.

O du minnigliches Kind,
O du Schmuck der Frauen,
Wonniglicher Reize sind
Viel an dir zu schauen.
O du Schöne, sonder Wank,
Höre meinen Minnesang,
Sey mein Liebchen, sey mir hold.
Lohne mich mit Minnesold.
Laß dein freundlich Nikken
Aug' und Herz entzükken.

Antwort der Muse.

Die Lieb' in ihrem Nahmen zu verkennen
Und junge Mädchen Frauen nennen,
Ist Eigensinn, nicht Schönheit, Kunst.
Freund, wärest du zu deinem Glük,
Fünf, sechs Jahrhunderte zurük,
So bürgt' ich dir für eines Liebchens Gunst.

Der dritte Dichter.

O Laura, eh noch der Seele Schleyer
Uns deine Reiz' enthüllte, göttlich Feuer
In deinem Busen ströhmte, eh dein Herz
Mit meinem sympathetisch schlug, da sehnte
Mein Geist aetherisch leicht, mit dir sich himmel=
        wärts,
Und heilger Engel Lobgesang ertönte

In unser Lied — Jenseits des Lebens
Schon lieb' ich dich — Lang sucht' ich dich ver=
gebens
In dieses Körpers Hülle — Mir verhies
Dein edles Herz, des Schöpfers Meisterstük
Ein Engel reines unvergänglich Glük,
Ein Paradies —

Antwort der Muse.
Ich beklage deine Müh,
O Nachahmer, sklavisch Vieh (*)

Der vierte Dichter.
Ich geize nicht nach Lorbeer=Kränzen,
Nicht in der Auctorzunft zu glänzen,
Die Zahl der Nahmen zu vermehren,
Die zu der schönen Geister Chören
In ** Almanach gehören.
Verdien' ich nur durch meine Töne
Den süssen Beyfall meiner Schöne,
So reizt mich nicht das Lob der Zeit,
Nicht Nachruhm und Unsterblichkeit.

Antwort der Muse.
Kom, Jüngling, wenn dich niemand ehrt,
So ehr' ich dich und deine Töne,
Kom, du bist meines Beyfalls werth;
Ich bin die Muse Melpomene.

Auf

(*) O imitatores, seruum pecus.   *Horat.*

Auf meinen Laubfrosch.

Da sizt der arme grüne Eremite
Dem Anschein nach mit ruhigem Gemüthe,
In einen Thurm von Glas, vier Jahre lang
Gefänglich eingesperrt, auf feuchter Bank.
Er, der als Jüngling in vergnügten Stunden
Das Glück der Unabhängigkeit empfunden,
Auf grünen Wiesen hüpfte, sein Insect
Mit grosser Fertigkeit erhascht' und unentdeckt
Auf einer Weid' am Bach, verhüllt in Blätter,
Durch unmelodischen Gesang das Wetter
Verkündigte. Ach deine Wissenschaft,
Die du geübt, bringt dich in diese Haft, —
Wie in der grossen Welt auch noch zu Zeiten
Verdienste Müh und Sklaverey bereiten —

 Du armer Frosch, vielleicht daß mancher Freund,
Vielleicht, daß manche Freundin zärtlich um dich weint,
Vielleicht, daß Aeltern sich zu Tode grämen,
Die du verliessest ohne Abschiednehmen.

 Da sizt er nun, und mit Gelassenheit
Zeigt er des Wetters Unbeständigkeit,
Geniesset unbesorgt und mit Vergnügen
Das Opfer ihm geweyhter Stubenfliegen,
Hascht ohne Mitleid dieses kleine Thier,
Betrachtet nicht des schönen Kopfes Zier

Mit mehr als Argus = Augen ausgeschmükket.
In einem Nu erhascht er's und berükket
Das sichre Thier durch unfehlbaren Sprung,
Und würget es zu seiner Sätigung —
Wie Moloch einst, durch Grausamkeit verehret
Den Säugling ohn' Erbarmen schnell verzehret. —

    Stolz sizt er da und brüstet sich. Sein Kleid
Ist apfelgrün. In seiner Einsamkeit
Besucht ihn mancher Herr von Rang und Nahmen
Des Wetters ungewis, und gnädge Damen,
Erkundigen sich oft bey Tag und Nacht,
Was der Prophet, der grüne Laubfrosch macht,
Und werden sich mit Furcht zur Reis' erheben,
Wenn er herab ins Wasser sich begeben.

    Schön ist's, um Nahrung unbekümmert seyn,
Und grosser Ehr' und Würden sich zu freun.
Doch der Verlust der Freyheit ist mit Schäzen,
Mit Ehrenstellen niemals zu ersetzen
Und Einsamkeit. — Der Weise lobe sie
Auch noch so sehr — reizt mich gefällt mir nie.
Zwar freylich, grossen Weisen ist es möglich,
Sich die gepriesne Einsamkeit erträglich
Zu machen, und mit ihrer Seel' allein
Durch nichts gestört, beschäftiget zu seyn.
Und auch der Dummkopf, den den Trieb zu Freuden
Sein Phlegma niederschlägt, wird Umgang meiden.
Ich aber bin zu jenem hohen Flug
Des Weisen nicht bestimmt; nicht träg genug,

Mein

Mein Leben zu verschlummern, mich zu plagen,
Geselligkeit und Freundschaft zu entsagen —
    Doch dir mein Laubfrosch, wünsch ich dies allein,
Ein Dummkopf oder Philosoph zu seyn.

Epistel an * * *

Ich weiß, du stimmest mit mir ein:
Die sanfte Menschenliebe zieret;
Schön ist es, ihr sich ganz zu weyhn
Und wenn uns andrer Unglük rühret,
Mitleidig, thätig=tröstend seyn.
Doch die Empfindsamkeit
(So heisset oft seit Yoriks Zeit,
Die überspannte Weichlichkeit)
Ist, Freundinn, wenn ichs recht bedenke,
Für den, der sie besizt, ein lästiges Geschenke,
Besonders für das männliche Geschlecht.
Denn zu mitleidsvollen Tränen
Hat immer das Geschlecht der Schönen
Mehr als das Unsrige, ein Recht.
Und nach gewisser alter Weisen Wahn
Wird uns kaum stummes Seufzen gut gethan.
Hingegen eine Schöne kan
Mit Anstand weinen. Ja ich dächte,
Säh' sie ein spanisch Stiergefechte
Ohn' ein Gefühl von Mitleid an,

Und

Und wäre sie auch noch schön,
Selbst eine Helena, ich würde sie verschmähn.
Ich seh' es gern, wenn sie ein Schauspiel meidet,
Wo Grausamkeit durch jede Scene blikt,
Wenn sie gerührt wird, wenn ein Thier unschul=
 dig leidet,
Selbst an verdienten Strafen nicht ihr Auge
 weidet,
Nicht lächelt, wenn man einen Vatermörder zwikt.
Doch Männer müssen oft, zum mindsten ohne
 Zeichen
Daß schaudervolle Scenen sie erweichen,
Sie selbst verfügen können, unbeweget stehn,
Und lassen nicht des Herzens Mitleid sehn.
Sag, Freundin, welcher Männer Stand hat nicht,
Der eine viel, der andre wenig,
Zur Härte Ruf, Bestimmung, Pflicht.
Vom Niedrigsten bis zu dem König
Hat Weichlichkeit gar selten statt.
Arzt, Richter, Prediger, Soldat
Sieht oft sich in Gelegenheit,
Wo zärtliche Empfindsamkeit
Den ganzen Krahm verdirbt, zur unbequehmen
 Zeit,
Den Arzt, den Wundarzt wird mans nicht ver=
 danken,
Der den Verwundeten, den Kranken
Aus Weichlichkeit verschonte, wenn die Noth
Schmerzhafte Mittel, Stich und Schnitt geboth.

Den Krieger, welcher seinen Stand
So sehr vergaß, daß er es rühmlich fand,
Des flüchtchen Feindes zu verschohnen,
Den wird gewis kein Ordensband,
Nein, Abschied und Verachtung lohnen.
Und auch der Richter würde nicht
Verdienen, Themis Schwert zu tragen,
Wenn er sich blos durch Winseln und durch Klagen
Verleiten ließe, nicht darnach zu fragen,
Wie das Gesez in diesem Fall' spricht
Und cerebrina aequitas
(So nennen die Juristen das,
Was man nach seinem Hirn ohn daß Gesez' es sagen,
Für billig hält) sein Urtheil bilden wollte,
Da er ohn' Ansehn der Person
Allein nach Recht und Acten sprechen sollte.
Da würde manche Appellation
Mit Schimpf und Hohn
Sein sanftes Urthel reformiren.
Er mus oft Arme exequiren,
Die selbst nach Brodt und Beystand schrein.
Läst Häuser, Aekker subhastiren,
Und Mann und Weib und Kinder exmittiren
Die nirgends wissen aus und ein,
Läst Flehende hin ins Gefängnis führen,
Die ihr Vergehen längst bereun,
Und mus dabey hart, unerbittlich seyn.
Auch darf ihn nicht der Reiz der Schönheit rühren.

Das

Das artge Kind, so eben aufgeblüht,
Das liebreich=lächelnd ihm ins Auge sieht,
Auch wol ein Tränichen vergießt,
Mus, wenn es anders schuldig ist,
So gut, wie jene häßliche Figur
Bestrafet werden. Glaube nur,
Dies ist für den, der im Gericht
Ein sanftes Herz, troz seiner theuren Pflicht,
Und gute Augen hat, so etwas leichtes nicht.
Ja manchem wär' es gut, ich wette,
Wenn er der Themis Augenbinde hätte.

Wer noch auf Reiz und Schönheit sieht,
(Versteht sich, im Gericht; denn im gemeinen
    Leben
Darf man noch wol drauf Achtung geben)
Der ist, so sehr er sich legal zu seyn bemüht,
Noch kein entschloßner Areopagit.
Ich meines Theils bin zwar so sehr kurzsichtig
    nicht,
Daß ich ein artiges Gesicht
Nicht bald bemerken sollte. Aber doch
Kan ich auf Richtertreu versichern: es hat noch
Kein Reiz von irgend einem schönen Kinde
Mich wider rechtliche Entscheidungsgründe
Zur Ungerechtigkeit verführt.
So sehr mich auch die Macht der Schönheit rührt.
Inzwischen wäre jeder Zeit
Ein bischen Unempfindlichkeit

Ein bischen Phlegma sehr bequehm und schicklich.
Was ist nicht jener Orgon glücklich,
Der leicht, was andre rührt, vergißt,
Der unbesorgt sein Pfeifchen rauchet,
Der in sich selbst zufrieden ist,
Mit seinen Trieben nicht zu kämpfen brauchet,
Ehr' und Vergnügen gerne mißt,
Wenn seine Umständ' es erfodern, sich vermählet,
Mit Eifersucht sich niemals quälet,
Nicht grübelt, ob der Mund den er nur frostig küßt,
Durch unerlaubten Kuß vorher entweihet ist,
Und ob der Reiz, der ihn beglükket,
Nicht einem andern schon entzükket.

Du, Feinheit des Geschmaks und du, Empfindsamkeit,
Wenn man euch übertreibt, so seyd
Ihr nur zur schwehren Last. Zwar süsseren Genuß
Gewähret ihr, jedoch auch Unruh und Verdruß.
Bey allen den mag ich nicht Thierpflanz' und nicht Stein,
Mit einen Wort kein Orgon seyn.
Doch ob ich stets in rechter Gleise bleibe,
Die Feinheit des Geschmacks nicht manchmal übertreibe,
Darüber, Freundin, dies erbitt' ich mir von dir,
Eröfne deine Meinung mir.

Amor

Amor und Hymen
auf Universitäten.

Frau Venus, die berufne Schöne,
Schikt ihre beiden Herren Söhne,
Gott Amorn und den Gott der Ehe
Aus einer Eitelkeit, die ich noch nicht verstehe,
So oft ich sie auch in communi vita sehe
Zur Universität, zu welcher, weis ich nicht.
Nur was die beiden Knaben
Daselbst studiret haben,
Das, Leser, sagt dir mein Gedicht.

Cupido, weit entfernt von ernsten Wissen-
schaften,
Die selten in verliebten Seelen haften,
Schwärmt' in den Kaffeehäusern, gab
So neben her sich mit der Optik ab,
Schlif Gläser, die unregelmäßige Gestalten,
Die Gelben, Pockengrübichen und Alten
Durch eine trügrische Verwandelung
Dem Auge weis und glatt und jung
Und regelmäßig bildeten,
Lies mittelst magischer Laternen
Die reizendsten Figuren sehn.
Doch was Soliders zu erlernen
Gieng Hymen in den voll gepfropften Saal
Zu einem Daries, und hörte, jedesmal.
Ganz Ohr, die Disputierkunst und Moral.

Nachdem sie endlich absolviret,
Ziehn beide dünkelnd stolz nach Haus
Und Amor theilt geschliffne Gläser aus.
Gott Hymen aber disputiret,
Und liest, zu der Vermählten Quaal,
Verborgen hinter den Gardinen
Des Ehebettes, nächtlich ihnen
Noch immer mürrisch die Moral.

Corsette.

Zu ihrem Gatten sprach Corsette,
Auf ihrem Krankenbette:
Wirst du nach meinem Tode wieder freyn;
So mag dir eine Furie bestimmet seyn!
Nein, liebe Frau, versezt der Mann,
Nein, liebe Frau, das geht nicht an.
Unmöglich kan ich mich bequehmen,
Zwo Schwestern zu nehmen.

Die boshafte Unwissenheit.

"Nur ein Mann ist in unsrer Stadt
„Ja einer nur, so viel ich finde,
„Der eine treue Gattin hat,"
So sprach Ergast zu seiner Frau Bellinde.

— Und

— Und was ist das denn für ein Mann,
Frug diese, willst du ihn nicht nennen?
„Das weist du nicht, mein Kind?" — Nein,
nein ich kan
Mich nicht besinnen, mag ihn wohl nicht kennen.

Der Handel um die Poenitenz.

Zum Beichtpapa kam Peter Lenz
Und flistert' ihm ein Heer von Sünden,
Um Absolution zu finden,
Mit zitternd leiser Stimm' ins Ohr,
Und jener schrieb zur Poenitenz
Ihm einen Monath Fasten vor.
Ey, sagte Lenz, Ehrwürdger lieber Herr,
Ein Monath ist zu viel. Will Er
Acht Tage, nun so mags drum seyn;
Das ist das Höchste, was ich kann.
Die Antwort war ein ernsthaft Nein! —
Lenz lief davon, kam wieder und fing an:
Will Er acht Tage nicht? Laß' Er doch als ein
Christ
Sich handeln! Weis er wol,
Daß das schon eine ganze Woche ist —
Acht Tage — Nun ich mache zehne voll —
Ist Er davon zu frieden? Sprech' Er gleich!
Mein

Mein Sohn, verſetzt der Pater, ſchämet
euch!
Was hat euch für ein Wahn bethöret?
Ihr handelt ja, als wenn ihr auf dem Jahrmarkt
wäret.
Das iſt hier keine Mode — Nun,
Erwiedert Lenz, ich will das äuſſerſte noch thun.
Zwo Wochen, will er die? — So fähret
Der arme Sünder fort zu handeln, bis zulezt
Der Pater ihm der Höllen-Quaalen
So ſiedendheis weis abzumahlen
Und mit des Kirchenbannes Strahlen
Ihn ſo in Furcht und Schrekken ſezt,
Daß er der ſchwehren Poenitenz
Sich endlich unterzieht. Nun denn, ſagt Peter
Lenz,
Kan's denn nicht anders ſeyn, zur Rettung mei-
ner Seelen
So laß' er ſelbſt mich einen Monath wählen —
Da wäre denn, fürwahr!
Der beſte noch für mich der Monath Februar —
— Es ſey darum, allein,
Warum ſoll's eben dieſer Monath ſeyn? —

Darum, Herr Pater, daß ich ihm die Wahr-
heit ſage,
Der Monath hat nur acht und zwanzig Tage.

———————

Verschiedenheit der Gesellschaft.

Ich hasse die Gesellschaft der Zecher,
Wo man nur trinkt und widerspricht
Und mancher Lauensteinischer Becher
Mit goldnen Rand unschuldig zerbricht.
Wo Fluch' und pöbelhafte Zoten
Vermischt mit hämischen Anekdoten
Ein zügelloser Wiz gebiert.
Wo Freunde selbst sich schrauben, bespotten,
Und endlich thracische Zanksucht regiert.

Man bleibt in den Zusammenkünften
Gelehrter Männer durstiger zwar;
Doch zankt man sich in ihren Zünften
Mit mehrerem Anstand, mindrer Gefahr.
Man streitet über brittische Acten
Absolons Haare, Baieres Transacten
Und schlürft ein Gläschen Jobelwein
Zu den Biscuit von Frankens Epacten,
Vertieft in Lunarische Cyklen, ein.

Ich lobe die bunten fröhlichen Reyhen,
Wo beide Geschlechter in Harmonie
Sich unterreden, am Spiel sich erfreuen,
Singen, vertändeln die Hypochondrie,
Man spricht von Bändern, Blonden und Spizen,
Panaschen, Frisuren, Stoffen und Chizen,

Und

Und wenn man sich hier widerspricht:
So weis man verfeinerte zu nüzen,
So giebt man nach und zanket sich nicht.

Die Menschenfresser.

Es gebe keine Menschenfresser,
Als in Amerika?
Mein Freund, du irrst dich da!
Hör nur, ich weis es besser,
Selbst in Europa, in der Christenheit,
In Deutschland selbst sind sie nicht weit
Zu suchen. Scharrt man, zum Exempel
Nicht manchen Todten hier im Tempel,
Wo sich das Volk versammlet, ein?
Genießt das Volk nicht diese Leichen,
Mit allem Gift gehabter Seuchen?
Das laß mir Menschenfresser seyn.